浪花朵朵

大作家写给孩子们

太阳的宝库

〔俄罗斯〕普里什文 著

袁蓉 译

上海人民美术出版社

第一章

在"流浪沼泽"的周边地区有一个村庄,那里住着两个孤儿。他们的母亲因病去世了,父亲也在卫国战争中牺牲了。

我们和这两个孩子住在同一个村里，两家只隔着一幢房子，我们和其他邻居一样，尽我们所能在各方面帮助他们。他们长得特别可爱。

安娜就像一只金色的小母鸡，她的腿又细又长。她的发色——既不浅也不深——泛着金色的光芒；除了那俏皮的小翘鼻外，她整张脸都长着大片的雀斑，就像无数的小金币紧挨在一起，好像在向四面八方扩散蔓延。

彼得金比他姐姐小两岁。他只有十岁，也可能十岁零一个月。他身材矮小敦实，前额头大，后脑勺宽，是个坚强又倔强的孩子。除了他的小鼻子，他的脸跟安娜一样，也布满了金色的雀斑。

学校里的老师们都笑着称他为"装在麻袋里的小农民"。

他们的父母去世之后，这个简朴家庭的全部财产都留给了这两个孩子：那是由一道主墙隔成的两间小屋、奶牛布朗尼、小母牛多西、山羊南妮、没起名字

的绵羊、金色的公鸡彼得和小猪波克。和这些家当一起落到孩子们身上的是照顾这些家畜的任务。但在卫国战争的艰难岁月中，孩子们早已承受过更重的负担。短短时间内，安娜和彼得金相处得非常融洽，他们学会了照顾自己，并且不需要任何人的帮助。

两个孩子一有机会就来参加集体劳动。在集体农场的田野上，在草场上，在农家院子里，在集会上，都可以看到他们的小鼻子——那俏皮的小翘鼻。

虽然我们不是土生土长的村里人，而是外来户，但我们仍然熟悉每家每户的生活。我们现在可以说，没有哪个农舍像我们最喜欢的安娜和彼得金居住的那个农舍那样宁静，也没有哪家像他们这般分工合作得如此愉快的了。

安娜和她母亲过去一样，在日出之前的黎明时分，一听到牧羊人吹响号角，就起床了。她用一根小树枝把她心爱的畜群赶出去吃草，然后急匆匆地回到家。但她并没有回去睡觉，而是开始给炉子生火，削好土豆，准备饭菜，在家里忙忙碌碌，直到天黑。

彼得金从父亲那里学会了制作木器的手艺：各种各样的大木桶、水桶、洗东西的盆子。他有一个特制的木桶匠专用刨子，长度几乎是他身高的两倍。有了它，彼得金就可以为小木板塑形，将它们挨着安装到位，然后在它们周围套上一个木箍或铁箍，把它们牢牢地固定起来。

因为孩子们有一头奶牛，所以他们吃喝不愁，并不迫切需要去集市上卖木器来维持生计。但是，他们的好邻居们总是前来讨要一些东西：有一个需要一个洗脸的盆，另一个需要一个接漏水的桶，第三个需要一个用来腌制黄瓜或蘑菇的小桶，还有人需要一个带花边的平底小盘子来种花。

彼得金会按每个人的要求给他们做好，他们也会给他报酬。除了木桶匠工作之外，他还要承担起家里所有男人要干的活和农场里分派给他的任务。他也参加所有的集会，聆听有关农场的问题，并且似乎非常

理解这些事情。

好在安娜比她弟弟大两岁，否则彼得金无疑会试图统治他们的家庭，姐弟俩的友谊也不会建立在美好平等的基础上了。即便如此，彼得金有时也会想起他父亲过去是如何对他母亲发号施令的，于是他照着父亲对待母亲的方式去指挥姐姐。可是安娜并不太听他的，她只是站在那里微笑。但"装在麻袋里的小农民"却开始发火了，他翘着鼻子，急吼吼地说："真是胡说八道！"

"你在大惊小怪什么？"他姐姐会问。

"安娜，是你在大惊小怪！"

"不，是你！"

"真是胡说八道！"

然后，当安娜停止取笑彼得金时，她会抚摸他宽宽的后脑勺。她的小手一触碰到他，所有父亲般的咆哮就从他身上烟消云散了。

"我们一起去除草吧！"安娜会这样提议。

　　于是，彼得金开始给黄瓜苗除草，或给甜菜地松土，或种起了土豆。

　　是的，那些战争年代的岁月对每个人来说都是艰难的，孩子们也不例外，他们不得不品尝烦恼、艰辛和失望的滋味。但安娜和彼得金彼此之间的深情厚谊却帮助他们度过了所有的磨难，并且生活得很好。我们可以再一次证实，村里没有一个家庭比他们更加友爱。我们想："一定是因为失去父母的不幸，才使孤儿们如此紧密地团结在一起。"

第二章

　　夏天，酸酸的、非常有益健康的蔓越莓生长在沼泽地里，人们在晚秋的时候采摘它。但并不是每个人都知道，就像我们那里的人说的，最好和最甜的是那些埋在雪底下过冬的蔓越莓。我们把这些深红色的春季蔓越莓和甜菜根一起放进大水壶里煮，然后把它们放进茶里，就像放糖一样。没有甜菜根的人只在茶中加蔓越莓，我们尝过，也还是不错的，挺好吃的。酸味代替了甜味，在炎热的日子里尝起来更加美味。美味清爽的布丁、美妙的蔓越莓酱，都可以由这甜美的春季蔓越莓做成！这里的人们相信蔓越莓的浆果对任何严重的疾病都有药用价值。卫国战争期间的1941年，甜美的蔓越莓汁曾卖到10个卢布一杯。

今年春天，在茂密的松林里，积雪一直到四月底才融化，但沼泽地里的气温却要暖和得多，积雪早已无影无踪了。彼得金和安娜从其他村民那里得到这个消息后，就准备去采摘蔓越莓了。早在黎明破晓之前，安娜就给所有的动物喂了食。彼得金拿起父亲的双管猎枪"图尔卡"和松鸡诱饵，还没有忘记带上指南针。因为从前他父亲进森林时就从来不会忘记带上指南针。

彼得金曾多次问父亲："您一辈子都在森林里溜达，对整个森林了如指掌，为什么还需要指南针呢？"

"你知道，彼得先生，"父亲这样回答他，"在森林里，这个指针就是一位慈母。也许天空乌云密布，你再也找不到太阳的方位。如果光想碰运气，胡闯乱走，你可能会弄错方向，会迷路，会挨饿。但是如果你有这个指针，只需要看看它，它就会给你指引回家的路。你将跟随指针的方向径直回到家，饱餐一顿。这指针对你而言比任何朋友都更忠诚，朋友可能会欺骗你，但指针却永远真实。不管你怎么把它转来转去，它总是指向北方。"

检查完这个奇妙的东西之后，彼得金锁住了指南针，这样当他们出发的时候，指针就不会无缘无故地颤动了。他用一块粗麻布，像他父亲以前那样，打了绑腿，小心翼翼地把末端塞进鞋子里；再戴上一顶旧得连帽檐都折成了两层的帽子：上半层是皮制的，向上高高翘起；下半层耷拉下来，几乎要碰到他的小鼻子。然后，彼得金穿上父亲的旧夹克，确切地说，是穿上这旧夹克的衣领，因为这衣领下面连接的只是一些破布条，在破损之前这夹克面料原本是母亲亲手织成的。彼得金试着用一根带子把这些布条在他腰间系起来，父亲的夹克就像大衣一样拖到地上。然后，这个猎人的儿子在他的腰带内插上了一把斧头，把装着指南针的口袋背在右肩，再把双管猎枪"图尔卡"背在左肩。穿上这套衣服，他足以让所有飞禽走兽望而生畏。

安娜也整装待发了，她在肩膀上垫了一条毛巾，挎起了一个大篮子。

"你为什么要垫毛巾？"彼得金问道。

"不会吧！"安娜回答，"难道你不记得妈妈以前是怎么去采蘑菇的吗？"

"采蘑菇！还是你懂得多！要是篮子里有很多蘑菇，会勒肩膀的。"

"也许我们会采到更多的蔓越莓。"

彼得金刚要脱口而出"真是胡说八道"的时候，突然想起父亲去参战前对他说过关于蔓越莓的事。

"你还记得爸爸告诉过我们的事吗？"彼得金对他姐姐说，"他说森林里有一片美丽的'小草原'。"

"我记得他说起过蔓越莓，他知道有一个地方，

那里遍地都是蔓越莓，但至于他提到的这片'小草原'
究竟在哪，我还不知道。我记得，他还提到过一个可
怕的地方——'黑叶浪'①。"

"这片'小草原'就在'黑叶浪'附近，"彼得
金说，"爸爸过去常说，先到'高岭'，然后往北走，
过了'响松林'，再继续往北，你就会看到那片'小
草原'——那里只有鲜红如血的蔓越莓。到目前为止，
还没有人到过这片'小草原'。"

彼得金在讲这些话的时候，已不知不觉走到了门
口。在他讲述这件事的过程中，安娜想起了前一天剩
下了一锅还没吃过的煮土豆。她暂时忘了这片"小草
原"，悄悄地冲到炉子边，把一锅土豆全部倒进了篮
子里。"说不定我们会迷路，"她想，"我们有足够
的面包和牛奶，也许土豆会派上用场的。"

彼得金以为姐姐一直站在他身后，就不停地说着

---

①按原文直译，此处为看不见裂口的泥潭，是指沼泽中间的深洞，上面长着一些水生花叶，
但肉眼通常无法识别。——译者注

这片神奇的"小草原"，只有经过可怕的"黑叶浪"——
这个让许多人和牛马丧生的地方——才可以到达。

"这是什么样的地方呀？"安娜问。

"怎么，你一个字也没听到！"他倒抽了一口冷
气说。

于是，当他们出发后，他一边走，一边又耐心地
给姐姐描述了一遍他从父亲那里听到的这片无人知
晓、遍布蔓越莓的"小草原"。

第三章

那片让我们不止一次迷路的"流浪沼泽"几乎和其他大沼泽一样，都是从一些难以穿越的柳树、赤杨树和各种灌木丛开始的。

第一个穿越这片茂密灌木丛的人手里拿着斧头，

为后来的人在灌木丛中开辟出了一条路。后来，在人们脚下，这些小土堆被踩落下陷，小路变成了一条沟渠，川流不息的溪水沿着它流淌。

在黎明前的黑暗中，彼得金和安娜没费多大力气就穿过了通往沼泽地的外围丛林。当灌木丛不再挡住两个孩子面前的景色时，他们看见了这片沼泽地，在清晨的第一道曙光中伸展开去，就像大海一样无边无际。顺便说一下，这片"流浪沼泽"曾经是古老的海底。这里有小丘，就像大海里的岛屿一样，小丘上长满了高大的松树，被人们称为松树丘。

在沼泽地里走了一会儿后，孩子们爬上了第一个叫"高岭"的松树丘。站在高高的光秃秃的山丘顶上，他们还只能隐约看到"响松林"。

走在"响松林"的小径上，他们偶尔能瞥见一颗血红色的蔓越莓果子。你要是从没有品尝过秋天的蔓越莓，突然尝一口春天的蔓越莓，一定会觉得酸得要命。但是，农家孤儿们都很熟悉秋天蔓越莓的酸劲儿了，所以现在，吃着春天的蔓越莓，他们发出阵阵赞叹："真甜啊！"

"响松林"极其乐意向孩子们展示她广阔的景象，尤其在四月的时候，这里还铺满了厚厚的深绿色的覆盆子草。在隔年的绿草丛中，到处都能看到刚绽放的花儿——洁白无瑕的雪球花和紫罗兰色、芬芳怡人的瑞香花。

"它们闻起来真香啊。你能去摘一朵瑞香花来看看吗？"彼得金说。

安娜试图折下一根花茎，但没能折断。

"为什么有人叫它们狼尾巴花呢？"她问。

"爸爸说，"弟弟回答道，"狼用它们来为自己编篮子。"说完他笑了起来。

"难道这里还有狼？"

"是的，当然有。爸爸说这里有一匹可怕的狼——叫'灰财主'。"

"我记得。就是那匹在战前咬死我们家羊群

的狼。"

"爸爸说它住在'干河'上。"

"他会咬我们吗？"

"尽管让它来试试吧！"戴着双檐帽的小猎人厉声道。

就在孩子们交谈的时候，天亮了，"响松林"里充满了鸟儿的欢歌和小动物们窸窸窣窣急速奔跑的声音。但不是所有的声音都从这里发出，它们从潮湿又死寂的沼泽地的每个角落传来。位于干涸的河床上的"响松林"，回荡着这一切声响。

但是，这些可怜的小鸟和小动物们都试图竭力用美妙的声音袒露它们共同的心声！就连安娜和彼得金也明白它们的良苦用心，它们都渴望说出一句特别美妙的话儿。

你曾见过鸟儿在树枝上全力以赴地歌唱，以致每根羽毛都在颤抖，但仍然不能像我们一样，说出一个字，于是它们只好以歌唱、喊叫和啄击来代替。

　　"泰……泰克！"隐约听到一只大松鸡在幽暗的森林里啄击树干发出的声音。

　　"史瓦克——史瓦克！"一只公野鸭从河面上飞过。

　　"嘎——嘎！"一只母野鸭在水塘里戏水。

　　"咕——呼——呼！"一只红腹黑雀蹲坐在白桦

树上。

灰色的小沙锥鸟，长着一个像扁钉子一样的长喙，肆无忌惮地掠过天空。而它的大表弟听起来像在尖叫着"什夫——什夫"。在某个地方，山鸡在低语嘟囔，而白鹧鸪则像女巫一样咯咯笑了起来。

　　我们猎人从小就一直听到这些声音，可以分辨，也非常喜欢听，并且能很好地理解它们到底想表达什么意思。这就是为什么我们会在黎明时来到森林，聆听它们的声音，并用声音来回应它们，就像对一个人问候"早上好"一样！

　　然后，它们也欣喜若狂，似乎领略了人类语言的美妙。它们的回答充斥在空中，嘟囔声、啄击声、叫声、嘎嘎声，试图用各种不同的声音问候我们："早上好！早上好！早上好！"

　　但是，从这众多的声音中，突然冒出了一个与众不同的怪音。

　　"你听见了吗？"彼得金问道。

　　"我怎么可能没听见呢！"安娜说，"我早就听见了，太吓人了！"

　　"没什么好怕的。爸爸告诉过我，野兔先生在春天就是这样叫的。"

“为什么会这样叫？”

“爸爸说它在叫，‘早上好，野兔太太’。”

“那个叫着‘噢——噢噢’的是谁啊？”

“爸爸说那是外号‘水牛’的麻鸭。”

“它为什么要这样呻吟呢？”

“爸爸说它也有一个女朋友，就像其他野生动物一样，他用自己的方式和女朋友打招呼：‘早上好，麻鸭小姐！’”

突然间，空气清新，生机勃勃，整个世界如同出水芙蓉一般，天空也亮堂起来了，所有树木的嫩芽和树皮都散发出独有的香气。就在此时，爆发出一个声音，盘旋而起，淹没了其他所有声音。

“那是什么声音呀？”安娜屏息问道。

“爸爸说，那是丹顶鹤迎接日出的方式，这意味着太阳马上就要升起来了。”

但是当这两个采蔓越莓的孩子抵达大沼泽地的时候，太阳还没升起来。

　　可怜的安娜，当一股潮湿、发霉的气味飘向她时，她已经冻得瑟瑟发抖了。在这里，丹顶鹤们欢迎日出的问候还没有开始。夜幕还轻轻地笼罩着沼泽地里的小松树和白桦树林，"响松林"里所有美妙的声响都归于寂静，只能听到一种重压在心上的痛苦的、悲伤的哀号声。

　　"这是什么声音，彼得金，"她蜷缩着问道，"远处的嚎叫声为什么那么可怕？"

　　"爸爸说过，是狼在'干河'上嚎叫，现在嚎叫的可能是'灰财主'。爸爸说'干河'上其他的狼都被打死了，但要打死'灰财主'是不可能的。"

　　"可是为什么它现在叫得那么惨？"

　　"爸爸说过，狼在春天嚎叫，是因为没有东西吃。而且，'灰财主'总是独来独往的，所以它叫得凄惨。"

　　沼泽地里的湿气似乎已经穿透了他们的肌肤，直渗到骨子里去。他们一点也不想再继续深入潮湿、泥泞的沼泽地了。

"现在我们往哪儿走呢？"安娜问道。

彼得金掏出指南针，找到了北方。他指着一条通往北方的不太有人行走的小径说："我们沿着这条小路向北走。"

"不，"安娜反驳道，"我们还是沿着大家都走的这条大路走吧。爸爸告诉过我们——你还记得吗？——那个叫'黑叶浪'的可怕地方，许多人和牲畜都在那里消失不见了。不，不，彼得金，我们不要往那里走。大家都往这边走，意味着往这个方向走肯定能找到蔓越莓。"

"你懂得太多了！"小猎人打断了她的话，"我们得向北走，像爸爸说的，到那片从没有人去过的'小草原'。"

"真是胡说八道！"聪明的"金色小母鸡"叫道，"我们的爸爸就是喜欢讲故事，可能根本就没有'小草原'。"

"你懂得太多了！""装在麻袋里的小农民"气

愤地重复道。

　　安娜注意到弟弟开始生气了，突然笑了起来，用手抚摸了一下他的后脑勺，彼得金瞬间平静了下来。友好的姐弟俩便沿着指南针所指的方向走去，只是他们不像先前那样肩并肩，而是一前一后，如同鹅群行走的方式一样。

第四章

　　大约两百多年前，播种者"风先生"给"流浪沼泽"带来了两颗种子，一颗松树种子和一颗云杉树种子。两颗种子一起躺在一块巨大平整的岩石旁的小洞里。从两百多年前的那一天开始，松树和云杉树肩并肩地生长起来了。它们的根从小就缠绕在一起。它们的树干相互较劲，一争高低，并排向着太阳生长。

　　这两棵不同种类的树木用根竞相汲取养分，用枝叶争夺着阳光和空气，竭尽全力要超过对方。随着它们越长越高，树干越来越粗，干枯的树枝互相挤压，甚至将树干直接刺穿。

为它们安排了如此悲惨生活的坏心肠的"风先生"，时不时还会来摇晃一下它们。于是，"流浪沼泽"里到处都能听到树木的呻吟和嚎叫，听起来像是活生生的人类的呻吟和嚎叫。一只狐狸听见了，在长满青苔的山丘上蜷缩成球，抬起它那尖尖的小脸蛋，满腹狐疑。松树和云杉树的呻吟和嚎叫非常像人的哀号，一条在"流浪沼泽"里变野的狗听到了，也开始为人类哀号，一匹狼在听到后却因对人类的仇恨而嚎叫。

孩子们到达"平岩"时，第一缕阳光掠过曲径通幽的冷杉和白桦林，照亮了"响松林"；常青树的大树干像巨大的蜡烛一样矗立在自然界的庙堂里。鸟儿们献给东升旭日的赞歌，隐约从远处飘到了光滑的岩石上，孩子们就坐在那里休息。但是从孩子们头上掠过的阳光仍然没有一丝暖意，沼泽世界寒冷刺骨，许多小水坑上都结了冰。

大自然万籁俱寂。冷得发抖的孩子们静静地坐着，以至于一只外号"丹凤眼"的黑松鸡都没有注意到他们的存在。它呆立在松树和云杉树交叉的枝叶顶端，交叉的树枝就像搭起的一座小桥。"丹凤眼"在这座对它来说相当宽敞的小桥上落下脚来，它在冉冉升起的太阳光下绽放，头上的小鸟冠像一朵燃烧着的炽热的花。深蓝色的光芒在它黑色的胸膛前闪闪发亮，从蓝色融化成绿色。但最漂亮的是它那舒展开的、竖琴状的、彩虹色的尾巴。

当它觉察到挂在沼泽地里矮小松树上空的太阳后，就突然在歇脚的高桥上跳跃起来，露出了尾巴和翅膀底下令人难以置信的洁白的羽毛。"啾啾——辉映！"它大声叫道。

根据松鸡的语言，"啾啾"最有可能是"太阳"的意思，而"辉映"则最有可能是它们问候"早上好"的方式！

作为对 "丹凤眼" 第一声"啾啾——辉映"的
回应，在整个沼泽地上空，或近或远地响起了一片相
同的"啾啾——辉映"声和拍打翅膀的声音；很快，

几十只大鸟从四面八方飞来，落在"平岩"附近。它们长得跟"丹凤眼"一模一样，就像两滴水一般相同。

孩子们坐在这块冰冷的岩石上，屏住呼吸，等待着太阳光照到他们身上，让他们暖和一点。看啊！第一缕光线从最近、最小的松树顶上掠过，终于开始在孩子们的脸颊上舞动。

这时，高高在上的"丹凤眼"停止了跳跃，停止了"啾啾——辉映"——对太阳的问候。它在树顶的"小桥"上俯下身，把自己的长脖子从树枝间伸出去，唱起歌来，像小溪潺潺的低语。蹲伏在附近各处的几十只和"丹凤眼"长得差不多的黑松鸡也都伸出脖子来回应它的歌声，它们开始唱起了同一首歌。这时，歌声听起来像是一条巨大的溪流穿过无形的沙石。

有多少次，我们的猎人在黎明前的黑暗中等待，在寒冷的晨曦中颤抖，倾听着这歌声，试图用我们自己的方式去解读黑松鸡的意思。当我们用我们的语言重复它们的喃喃自语时，我们唱道：

弧形的羽毛

啾——咯——咯

看我如何从你身上

拔下它

　　黑松鸡用这种友好的方式吟唱着，同时也时刻准备着战斗。当它们用这种方式浅吟低唱时，松树茂密的树冠深处发生了一场小小的危机。乌鸦太太坐在它的巢穴里，躲避着一直在它旁边发出求偶讯号的"丹凤眼"。乌鸦太太很想把"丹凤眼"赶走，但它迟疑着不肯离开巢穴，怕清晨冷冽的寒气会冻坏巢里的蛋。它的伴侣乌鸦先生正在巢外盘旋瞭望，它一定注意到了什么可疑的情况，便落了下来。在等待它回来之时，乌鸦太太在巢里躺得比不流动的水还沉静，比矮草还谦卑。突然，它看见它的伴侣回来了，便尖叫起来："呱——哇！"用它的语言来解释就是"救命啊！"

"呱——哇！"它的伴侣回应道，朝着它的方向，意思是现在还不知道谁要拔谁的弧形羽毛呢。

乌鸦先生立刻明白了困难的本质，它飞到了"丹凤眼"所在的那座"小桥"上。在靠近云杉树的地方，停下来伺机出手。

"丹凤眼"这时根本没注意到乌鸦先生，它高唱着所有猎人都懂的歌："巧——开——克思！"

这是向所有求偶的黑松鸡先生发出的挑战信号。于是弧形的羽毛开始振翅飞翔。现在，乌鸦先生似乎也收到了这个信号，它沿着"小桥"踩着碎步，悄悄地朝"丹凤眼"走去。

采摘甜蔓越莓的小猎人们像老鼠一样安静地坐在"平岩"上。热辣晴朗的太阳从沼泽上空对着他们升起，但碰巧有一朵云彩遮住了天空：它就像一条泛着蓝光的、寒气逼人的霹雳划过了旭日，把它劈成了两半。与此同时，一阵狂风吹来，松树压在云杉树上，云杉树发出了一声叹息。又一阵风吹来了，云杉树顶

着松树，松树尖叫了起来。

安娜和彼得金被阳光晒暖了，又休息了一会儿，便起身继续上路了。但就在岩石旁，沼泽地里一条相当宽的路像一把双齿叉被一分为二。一条常有人行走的小径通向右边，另一条勉强能被称为路的小径，笔直伸向前方。

彼得金用指南针测了一下方向，他指着那条勉强能叫小径的路说："我们要沿着这条小路向北走。"

"那不是一条小路！"安娜回答道。

"胡说八道！"彼得金被安娜的话激怒了，"这里有人走的，这一定是一条路。我们必须往北走，快走吧，别吵了。"

但是安娜不想屈从她的弟弟。

就在这时，鸟巢里的乌鸦太太"呱——哇"地叫了一声。它的伴侣沿着"小桥"迈着小碎步，悄悄地走近"丹凤眼"。

第二道泛着蓝光、寒气逼人的霹雳划过太阳，一片灰暗开始笼罩在天空中。

"金色小母鸡"正绞尽脑汁，试图说服她的同伴。"你看，"她说，"我说的这条路常常有人走！大家都走这条路。你认为我们比其他人都聪明吗？"

"让大家都走那条路好了，"固执的"装在麻袋里的小农民"回答道，"我们必须像爸爸教我们的那样，顺着指针往北走，到'小草原'去。"

"爸爸给我们讲这样的故事只是为了好玩，"安娜说，"也许北边根本就没有什么'小草原'。如果我们跟着指针走，那就更傻了。我们很可能会错过'小草原'，反而发现自己恰好误入了'黑叶浪'。"

"好吧，就这样吧，"彼得金尖锐地反驳道，"我不会再和你争辩了。你就沿着所有老妇人采蔓越莓的这条路走吧，我一个人沿着我的小路向北走。"说完他真的就朝那条小径走去，完全忘记了采蔓越莓的篮子和干粮。

安娜本应该提醒他一下的，但她自己也气得满脸

通红，就朝他的身后吐了一口唾沫，然后走上了常有
人走的那条小路。

"呱——哇！"乌鸦太太又叫喊了一声。它的伴
侣迅速跑到"丹凤眼"跟前，用尽全身的力气猛啄它。
"丹凤眼"像被烫了一下，向一群黑松鸡飞奔而去，
可是愤怒的乌鸦先生追上了它，扯下它身上一撮白色
和彩色相间的羽毛，一直追到很远的地方。

这时，灰暗笼罩着整个天空，遮蔽了赋予所有生
命光华的太阳。一阵狂风刮过，巨大的盘根错节的两
棵树被风刮得树叶交叠，它们的尖叫声和嚎叫声传遍
了整个"流浪沼泽"。

第五章

　　树木的呻吟如此凄凉，安提普的猎犬特雷斯从哨所附近的土豆窖里爬了出来，和树木一样凄惨地嚎叫了起来。

　　是什么让这条猎犬这么早就从温暖的床上爬起来，嚎叫着回应那些悲鸣的树木呢？

　　在清晨的呻吟、咆哮和嚎叫声中，树木的哀鸣有时听起来像一个在森林深处迷了路或被遗弃的孩子痛苦的哭泣声。正是这种哭泣声，使特雷斯无法忍受，于是它从土豆窖里爬了出来。它无法忍受这两棵永远缠绕在一起的树木的哭泣声，它们使它想起了自己的不幸遭遇。两年前特雷斯的生活中发生了一场可怕的悲剧，它敬爱的护林人——老猎人安提普去世了。

我们过去常常和安提普一起打猎，年复一年，这个老头似乎自己都不记得他有多大年纪了。他一直住在森林哨所的小屋里，好像永远不会死去似的。

"安提普，你多大了？"我们经常问他，"八十岁？"

"不止咯。"他回答。

"一百岁？"

"还不到。"

我们以为他是在开玩笑，觉得他自己应该知道问题的答案，就问道："安提普！别逗我们啦！说真的，告诉我们你多大年纪了。"

"说真的，"老人回答说，"如果你们先告诉我真理的本质是什么，它在哪里，怎么才能找到它，我就告诉你们我多大啦。"

我们很难回答他的问题。

"安提普，你比我们年长，"我们争辩道，"你肯定比我们更清楚真理在哪里。"

"我知道！"安提普笑着说。

"好吧，那告诉我们吧！"

"不，在我活着的时候我不能告诉你们，你们自己去找。到我快死的时候，你们来看我，我就在你们耳边悄悄告诉你们全部的真相。到时候来看我吧！"

"好吧，我们会来的。但假如我们没有猜对时间，还没来的时候你就死了呢？"

老爷爷以自己的方式眯起眼睛，当他想笑或开别人玩笑的时候，他常常这样眯起眼睛来。"啊，孩子们，"他说，"你们不再是小孩子了。该是你们认识自己并提出问题的时候了。好吧，就这样吧。当我要死的时候，如果你们恰好又不在，那我会悄悄地告诉我的特雷斯。特雷斯！"他喊道。

一条背上有黑斑的大红狗走进了房间。它的眼睛周围环绕着一条奇怪的黑色条纹，看起来像戴着护目镜。所以，它的眼睛看起来睁得很大，好像在问："主人，您叫我干吗？"

安提普用一种特殊的眼神看着它，狗立刻就明白了主人的意思。他叫它只是表示感情上的友好，没什么特别的原因，跟它开个玩笑或逗乐而已。特雷斯摇着尾巴，两脚趴下，越趴越低，爬到老人的膝盖前，就仰面躺下了。安提普刚要伸出手去抚摸它，它突然跃起，将爪子搭在主人的肩膀上亲起他来，舔他的鼻子、脸颊、嘴巴。

"好了，好了，够了。"他说着，让狗平静下来，用袖子擦了擦自己的脸。然后，他摸了一下它的头，重复道："好了，够了。回你的窝里去吧。"

特雷斯转过身，走到外面去了。

"看到了吧，孩子们，"安提普说，"就拿特雷斯来说，它只是一条猎狗，但它只要听一句话就领悟了。但是你们，小傻瓜们，还在问真理在哪里。那就这样吧，到时候来看我吧。如果你们错过了，我会把一切都悄悄地告诉特雷斯。"

安提普死了。不久就爆发了伟大的卫国战争，政府再没有派其他护林人来接替安提普。他的小屋被废弃了，那是一座摇摇欲坠的小木屋，甚至比安提普还要老，靠支架撑着才得以保存下来。

主人死后的某一天，一阵风把小屋吹得整个散了架，就像一个纸牌屋被婴儿的呼气给吹倒了一样。一年之内，梁柱之间长满了高高的柳兰草，森林空地上的小屋里什么也没留下，变成了一个开满红花的小山丘。特雷斯搬进了土豆窖里，像所有野兽一样，开始在丛林里生活。

不过，特雷斯很难适应野外的生活。它习惯了为伟大而仁慈的主人安提普打猎，而不是为自己。过去，当它追到一只野兔时，会把它藏在身下，等着安提普的到来。尽管特雷斯很饿，但它一向不会自己吃掉野兔。当安提普有事没来的时候，它会用牙齿把野兔叼着，昂起头，使兔子晃来晃去，不至于拖到地上，然后带回家给主人。它就是这样为安提普工作的，而不是为自己。它的主人爱它，喂养它，并且保护它免受狼群的侵害。但现在安提普死了，像所有的野兽一样，它不得不为自己工作。

于是经常发生这样的事：在激烈的追逐中，它会忘记现在只需要为自己的晚餐抓野兔。特雷斯在捕猎时完全忘记了这一点。它捉到了野兔带回家，但没有人来迎接它。偶尔，它听到树的哀鸣时，会爬上那座曾经是小屋的山丘，哀号起来……

很长一段时间以来，"灰财主"一直专注地听着它的嚎叫。

第六章

安提普的小屋离"干河"很近。几年前，在隆冬时节，应附近村民的要求，我们整个打狼队都聚集在那里。当地的猎人听说，在"干河"的某个地方有一个大狼窝。我们是来帮助农民的，便开始按照狩猎野兽的规则着手工作。

到了晚上，我们潜入了"流浪沼泽"，假装狼的声音嚎叫着，唤起了"干河"上所有狼的回应。就这样，我们准确地弄清了狼群所在的位置以及它们的数量。它们住在"干河"上最难通行的灌木丛中。很久以前，这里的河水就一直在和树木搏斗。河水获胜了，树木倒下了，后来河水流到沼泽里去了。倒下的树木一层又一层地堆积在那里，在河底腐烂。青草从树木中冒出来，浓密的小白杨像常春藤的花环一样围绕在它们周围。所以照我们猎人的说法，这里形成了一个据点——也许可以被称为"狼的城堡"。

现在我们知道狼住在哪里了，我们穿着雪鞋沿着小径兜了一圈，把一串气味浓烈的红旗系在灌木丛上，

标出了一个两英里宽的圈儿。红旗的颜色使狼害怕，红旗的厚绒布气味使狼恐惧，但对它们而言最吓人的还是：当一阵微风吹过丛林，那些小旗子四处飘动起来的时候。

我们有多少猎人，就在这些旗子围成的圈子里留下多少个出口：在每面旗子背后的浓密松林里都藏着一个猎人。

打狼队的猎人们谨慎地喊叫着，用棍子敲打着，惊动了狼群，它们开始静静地走向猎人。走在狼群最前面的是一匹狼奶奶，后面跟着它的孩子们；独自走在最后的是一匹额头隆起的狼爷爷，它是农民们熟知的恶棍，外号"灰财主"。

狼群非常警觉地走着。打狼队的猎人们开始围向它们。狼奶奶突然小跑起来。但忽然……

"停下！有旗子！"

它转过身去，然后那里也一样。

"站住！有旗子！"

　　打狼队的猎人们越来越逼近狼群。狼奶奶失去了狼性，到处乱窜，找到了一个出口，可恰恰在那个出口——离一个猎人大约十步之遥的地方，它的头部中了一枪，倒下了。

　　所有的狼都这样被击毙了，只有一匹狼例外。这已经不是"灰财主"第一次经历这种场面了。第一声枪响后，它就越过旗子冲了出去。当它跳起来时，两颗子弹击中了它。一颗子弹打掉了它的左耳朵，另一颗打掉了它的半条尾巴。

　　狼群已经消失了，但是"灰财主"在一个夏天咬死的牛和羊并不比以前整个狼群咬死的少。它潜伏在杜松丛后面，待牧民离开，伺机蹿入畜群，接二连三地咬死绵羊或咬伤奶牛。最后，它会抓起一只羊搭在背上，然后飞奔而去，越过障碍，回到它在"干河"上那灌木丛深处的家里去。到了冬天，牧人不再去田野放牧，他不得不偶尔闯进畜栏偷牛羊，或者在村子里抓狗，甚至几乎只能靠吃狗肉为生。他胆子也越来越大，以至于有一回它追逐一条跟在主人雪橇后面奔跑的狗，把狗赶到雪橇里，然后从主人的怀里把狗抢走了。

　　"灰财主"已经成了乡间的威胁。农民们又叫来了打狼队。我们用旗子诱捕了它五次，每次它都跃过旗子逃走了。因此，在早春时节，在经历了严冬的饥寒交迫之后，"灰财主"在洞穴里急不可耐地等候着那个时刻的到来——真正的春天——当村里的牧民吹响号角的时候。

孩子们吵嘴后分道扬镳的那个早上，"灰财主"伏着等候猎物，它怒气冲冲，饥肠辘辘。当早晨的风刮得四处灰蒙蒙的，"平岩"边的树木开始哀鸣时，它再也受不了了，爬出了自己的巢穴。它站在巢穴上方，仰起头，收紧饿瘪了的肚皮，竖起一只耳朵听着风声，挺直半条尾巴嚎叫起来。

狼的叫声真悲凉。但是你，一个路人，如果有一天听到这个声音并感到难过，请不要心生怜悯。嚎叫的不是一条狗——不是人类忠实的朋友，而是最可怕的敌人——一匹注定要因它的仇恨而丧命的狼。你，一个路人，最好保留你的怜悯，不要把这怜悯给一匹狼——那只为自己嚎叫的动物；而要把怜悯给一条

狗——那条为逝去的主人而哀号的狗，因为如今它的主人走了，还不知该为谁效劳。

第七章

　　"干河"像一条半圆形的弧线，环绕着"流浪沼泽"。在半圆形的一边是一条狗在哀号，另一边则是一匹狼在嚎叫。风吹着树木，没有意识到是在为谁服务的情况下，把它们的呻吟和哀鸣送向远方。风并不在乎是谁在嚎叫——不管是树、狗，还是狼——只要有东西在嚎叫就行了。

　　就这样，告密者风把被人遗弃的狗的哀号声出卖给了狼。"灰财主"在树木的哀鸣声中分辨出了狗的哀号声，小心翼翼地爬出巢穴。它竖起一只耳朵，翘起半截尾巴，爬上了一个高坡。这时，它断定狗吠声来自安提普的小屋附近，于是它径直朝那个方向奔下山坡。

　　与此同时，特雷斯在大叫安提普到它身边来，或者可能在呼唤什么新的主人。也许对特雷斯而言，安提普根本就没有死，只是把脸转过去离开了而已。也许特雷斯认为所有的人都是安提普，只不过他有很多张不同的面孔罢了。如果一张脸转身而去，也许同一个安提普的另一张脸，不久就会把它召唤过去，而它会像侍奉以前那张脸一样忠实地侍奉这张脸。

　　然而，狗祈求主人归来的哀号声让那匹狼厌恶，于是狼朝着声音的方向跑去。极度的饥饿反而给特雷斯带来了好运，使它停止了哀号。如果它再嚎叫五分钟，"灰财主"就会抓到它。但它感到一阵强烈的饥饿，于是不再呼唤安提普，而为果腹去找寻野兔的踪迹了。

　　每年的这个时节，野兔——一种夜行动物，到了黎明时就不再睡觉，整个白天瞪着双眼、心惊胆战地蹲在窝里。在春天，野兔敢于在光天化日之下到田野和大路上溜达。一只老野兔来到两个孩子们吵架分手的地方，和他们一样，坐在"平岩"上休息、倾听。突如其来的一阵风和树木的哀鸣声把它吓坏了，它从"平岩"上跳下来，以野兔独有的跳跃方式：撒开两条后腿，一直跑向那个对人来说很可怕的地方——"黑叶浪"。它的换毛期还没有结束，于是就在它身后留下了一条足迹，不仅在地上，还在灌木丛和去年的高大干草上留下了一簇簇冬天的兔毛。

　　虽然那只野兔离开"平岩"已经好一会儿了，但是特雷斯还是立刻就嗅出了它的气味。只是两个孩子的气味，加上他们篮子里面包和煮土豆的味道，阻挡了特雷斯追逐兔子的脚步。

　　一个难题摆在了特雷斯面前。是应该跟着野兔和小孩的气味走向"黑叶浪"呢，还是应该绕过"黑叶浪"，跟着人的气味向右走？

如果特雷斯能猜出这两个小家伙中哪一个拿着面包的话，这个难题就很容易解决了。吃点面包，然后抓只野兔，不是为了它自己，而是为了那个给它吃面包的人，那该多好啊。

特雷斯应该走哪条路？往哪个方向呢？

在这样的时刻，人类会利用理性。至于猎狗，猎人们说："猎狗会迷失方向。"特雷斯就这样迷失了方向。像所有处在这种情况下的猎狗一样，它开始原地打转，昂起脑袋，上下左右嗅着气味，瞪着急切的双眼。

突然一阵风从安娜走去的方向刮来，使这条急速打转的狗立刻停了下来。特雷斯纹丝不动地站了一会儿，像只野兔一样用后腿站起来。安提普活着的时候，也曾经有过类似的情况发生……

有一天，护林人要去森林里完成一项不太容易的伐木活。为了确保特雷斯不会碍事，安提普把它拴在家里。破晓时分，老人就走了。直到午饭时间，特雷斯才意识到它的锁链是用一根又长又粗的绳子拴在一个铁钩上的。它爬上一个小土堆，两条后腿站起来，用前爪把绳子拉到身边，到下午三点左右，它终于把绳子咬断了。后来它脖子上戴着链子，开始出发寻找安提普。安提普出门已经大半天了。他身体的气味已经很淡了，而且还被一阵露水般的毛毛雨冲走了。但那一天，森林里特别宁静，甚至没有一丝空气流动，从安提普烟斗里喷出的那股淡淡的烟味悬浮在静止的空气中。特雷斯立刻明白，通过追踪安提普的体味是不可能找到他的，所以它仰头打了个转，突然闻到一股烟味。跟着烟草的气味，一步一步走，有时空气中的烟味会消失，然后又闻到了，就这样，它找到了主人。

这就是从前发生过的事情。现在，当一阵猛烈的狂风将一股可疑的气味吹向它敏感的鼻子时，它僵住了，等待着。当风再一次刮起来的时候，它如从前一样像兔子一般用后腿站了起来，确认方向。面包和篮子在风吹来的方向，也是其中一个孩子走去的地方。特雷斯回到了"平岩"边，用鼻子分辨着岩石上篮子的气味与风吹来的气味。然后它把另一个小孩和兔子的踪迹也核查了一番。

你可以想象一下，特雷斯是这样推理的：野兔径直向白天栖息的窝跑去了。它现在一定就在离"黑叶浪"不远的地方，会在那里待上一整天，不会走远。但是那个拿着面包和土豆的人可能会走开。此外，如何权衡这件事呢？是为自己拼命追逐野兔，然后撕碎吃掉，还是从一个人那里得到一块面包以及爱抚，甚至还可能从他身上找到安提普的影子？

特雷斯朝笔直通向"黑叶浪"的小径方向又仔细地看了一眼，立刻转向右边蜿蜒的小径，再次用后腿站立起来确认了方向，摇了摇尾巴，高兴地向那里跑去。

第八章

指南针将彼得金指向"黑叶浪"——一个厄运之地；多年以来，那里的泥浆吞噬了许多人，甚至更多的牲畜。所以，每个去过"流浪沼泽"的人都应该知道这个"黑叶浪"到底意味着什么。

我们知道，整个"流浪沼泽"连同它所蕴藏的大量珍贵泥炭是一个宝库——太阳的宝藏。是的，就是这样。

　　炙热的太阳抚育着每一片草地、每一朵花、每一丛沼泽灌木和每一颗浆果。太阳给这一切带来温暖，而它们的死亡、腐烂像肥料一样，把自己作为遗产传给其他植物：灌木、浆果、花草。但是，沼泽里的水不会让植物把它们所有的财产都留给它们的后代。几千年来，这个宝藏被埋在水底下，因此沼泽就变成了太阳的宝库，然后整个以泥炭形式呈现的宝藏就作为太阳的遗产传给了人类。

　　"流浪沼泽"蕴藏着大量的泥炭，但泥炭层的厚度并非到处都是一样的。在孩子们坐的"平岩"边，几千年来，一层又一层的植物堆积在一起，形成了一层又一层的燃料。这是最厚的一层泥炭。但是再往前走，越接近"黑叶浪"，泥炭层形成的时间就越短，厚度也越薄了。

　　当彼得金沿着指针的方向一点一点往前走的时候，脚下的足迹和泥块不仅变得越来越软，连他的脚也会消失，这真令人害怕。他的脚会不会消失在这无

底洞里呢？他似乎总是踩在摇摇晃晃的山丘上，落脚前得选个地方。然后，他一迈步，就听到一阵咕咕的声音，就像胃里的咕噜咕噜声，从泥浆下面冒了出来。

脚下的地面变成了悬在泥泞深渊上的一张吊床。在这漂浮的土地上，一层薄薄的根茎交织的树根上，矗立着几棵矮小的、扭曲的、交织在一起的松树②。

酸性的沼泽地土壤使这些松树无法长高，虽然它们已经有一百岁了，也许更长寿。这些祖母级的松树一点也不像松林里的树，松林里的树都是高大挺拔的，一棵挨着一棵，像一根根柱子，也像一排排蜡烛一样整齐划一。而沼泽里的"树婆婆"则是年纪越大，长得越怪。当你路过时，其中一棵树举起一根光秃秃的树干，像要伸出手臂来拥抱你一样；另一棵树则像拿着一根棍子，等着用它来敲打你；第三棵树不知为何蹲着那里，而第四棵树则正站立着，像在织袜子。它们就是如此，每一棵看起来都与众不同。

②下文称"树婆婆"。——译者注

　　彼得金脚下的泥炭层变得越来越薄。但由于这些植物紧密地交织在一起，所以还能很好地支撑起这个孩子的体重。就这样，他摇摇晃晃地沿着那条昏暗的小径越走越远。彼得金不得不信任那些在他前面走出了这条路的人。

　　当这个背着长枪、戴着双檐帽的小男孩从"树婆婆"们中间走过时，它们看起来非常兴奋。突然，其中一位"树婆婆""站"了起来，把其他的"树婆婆"都挡在了视野之外，就像一个要打他的头的莽汉一样。然后它平静了下来，另一个像女巫一般的"树婆婆"出现了，它将一只瘦骨嶙峋的手伸向小径。小男孩等待着，期待着随时能看到一块空地，就像童话故事中发生的那样，空地上有一座女巫的小木屋，周围是用挂着死人骷髅头的杆子做成的栅栏。现在，每走一步，地下都会发出咕噜咕噜的声音。

突然，就在离他头顶很近的地方，一个长着冠毛的小脑袋冒了出来。这是一只长着黑色圆翼和白色下翼的田凫，它在自己的巢里被小猎人吓了一跳，尖叫道："奇——唯！奇——唯！"

"什夫——什夫！"一只灰鸟开口说话了，它是沙锥鸟的大表哥，长着一只弯曲的大嘴巴。

乌鸦先生在沼泽上空盘旋，以守护搭在松林中的巢穴，它留意到了这个戴着双檐帽的小猎人。在春天，乌鸦会发出一种特殊的叫声，在人类语言中听起来像是从鼻子里发出的尖叫："得隆——咚。"在这个基本的音调中有一些我们听不到的音色，这就是为什么我们听不懂乌鸦的话语，只能像聋哑人一样猜测它们的意思。

"得隆——咚！"放哨的乌鸦先生尖叫着，意思是一个戴着双檐帽、拿着猎枪的小男孩正在靠近"黑叶浪"，也许很快就有一顿美餐啦。

"得隆——咚！"远处的乌鸦太太在巢里回答，意思是："我听到了，我等着呢！"

乌鸦的近亲喜鹊们听到了乌鸦夫妇的对话，开始叽叽喳喳、喋喋不休起来。连那没抓到老鼠的小狐狸们也竖起耳朵开始听乌鸦的叫声。

彼得金听到了这一切，但一点也不害怕。他脚下的路是别人已经走过的，他为什么要害怕呢？这意味着他可以大胆地在上面行走。听到乌鸦的叫声后，他甚至开始唱起歌来：

黑乌鸦啊
请你不要在我倒霉的头顶上做美梦啦

歌声让他勇气倍增，他甚至开始动脑筋如何才能缩短这段艰难路程。往下看，他注意到每只脚都沉入

泥地中，一脚一个坑，坑里立刻酿出一汪水。因此，
每个走这条小径的人都把水从苔藓下面踩出来，让它
陷得更深；然而，在这条多水的小径两侧的低洼河岸
上，长出了一条高高的、甘甜的羊草"林荫道"——
这些草不像春天其他随处可见的草那样泛黄，而是更
加泛白。正因为如此，很容易看清这条人造小径通向
何方。就这样，彼得金看到他脚下的小径向左急转过
去，然后就消失了。他查看了一下指南针，箭头指向
北方，但小径却转向西方。

　　"奇——唯！" 田凫喊道。

　　"什夫——什夫！" 沙锥鸟的大表哥答道。

"得隆——咚！"乌鸦先生自信地说，松树上的喜鹊们在周围喋喋不休起来。

彼得金环顾四周，发现他面前有一片景色清新怡人的开阔空地，山丘在那里逐渐变得平坦，直到被夷为平地。但最重要的是，他看到了这一点：在离空地另一边很近的地方，蜿蜒而行的是白羊草——这条人造小径坚定的同行者。

这让彼得金认定小径就在那边，他自言自语道："如果穿过空地的小路就像我脸上的鼻子一样明显，我为什么还要在这条小路上左转呢？"

于是，他开始大胆地往前走，径直穿过这片空地，而不是顺着小径往西走。

过去，当我们掉进泥潭后，浑身湿透、满身污泥地走到安提普面前时，他总是这样说："啊，你们这些孩子！谁让你们穿着衣服和鞋子到处乱跑。"

"那我们还能有什么办法呢？"我们会问。

"如果你们光着身子、赤着脚，"他会回答说，

"那会更好。"

"但是为什么要光着身子、赤着脚呢？"

然后他会嘲笑我们，笑得前仰后合。我们一直都不明白为什么这个老人会这样笑。

许多年后，当安提普的话重新浮现在脑海中时，一切才变得明朗起来。当初我们这些孩子争论不休，不知道自己在说什么的时候，安提普对我们说了这些话。

安提普建议我们光着身子、赤足而行，接着他又说："过河之前要弄清渡口在哪里，行动之前要先察看明白。"

彼得金当时也在。而且，明智的安娜曾警告过他，白羊草也教他如何绕过泥潭。但是，他偏不！他跳到了前面，离开了那条被人踩过的小径，径直走入了"黑叶浪"。顺便说一下，就是在这片空地上，缠绕在一起的植物也停止生长了。这就是泥潭的裂口，就像冬天有时冰上会有裂口一样。在沼泽地的普通裂口里，人们通常可以看到一些浅浅的水，上面长满了美丽的白色睡莲。但是，从外观上看，这个裂口是无法被识别出来的，这就是为什么它被称为"看不见的裂口"，即"黑叶浪"的原因了。

彼得金起初发现在"黑叶浪"行走比此前在沼泽地中行走更容易些。渐渐地，他的脚开始越陷越深，

抬起来也越来越费劲。对麋鹿来说在这里行走会很轻松。它又长又细的腿很有力量；最重要的是，它不会停下来思考，而是直接冲过去，就像小猎人在树林里做的那样。但是彼得金此刻感觉到危险了，他停了下来，开始思考他的困境。就在站住不动的一瞬间，他一下子就陷了下去，陷到了膝盖上。下一秒，他陷得更深了。如果他想转过身来，把枪平放在泥上，靠在上面，然后跳出来，他还是可以努力把自己从泥潭里拉出来的。但是就在他的正前方，他看到了标志着那条被人踩出的小径旁高高的白羊草。

"我能做到的！"他说着往外猛地一跳。

但是，为时已晚。就像一场激战中的伤员——"如果我必须要死，我将死在战斗中！"——他抓住机会，一次又一次地乱跳，却发现他的身体从四面八方被紧紧地拽住了，一直到他的胸口。现在他甚至不能深呼吸，只要稍微动弹一下，他就会陷得更深。他只能做一件事：把枪平放在泥地上，双手依靠在枪上，纹丝不动地待着，尽可能让他急促的呼吸平静下来。他就这么做了。脱下枪，把它平放在面前，双手依靠在枪上。

突然，一阵狂风传来了安娜刺耳的尖叫声："彼得金！"

他不停地回应她。但是风从安娜的方向吹来，把他的呼唤带到了"流浪沼泽"的另一个方向，是只有松树的南边。只有喜鹊回应了他的叫声，从一棵树飞到另一棵树上，像往常一样叽叽喳喳地叫着，渐渐地包围了整个"黑叶浪"。它们栖息在古松树最顶端的枝叶上，有着细而尖的鼻子，尾巴长长的喜鹊们喋喋不休地叫着。

几只喜鹊叫着："德拉——塔——塔！"还有几只喜鹊叫着："德里——塔——塔！"

"得隆——咚！"乌鸦先生也在上空尖叫起来。随后，它立即停止拍打翅膀，向下猛扑过去，然后又一次几乎在人的头顶上张开了翅膀。

那个小男孩不敢拿起枪来向这个黑色使者示威。喜鹊对做各种坏事情都很在行，一眼就看出这个小男孩是多么地无助。它们从松树最顶端的枝叶上飞落下来，往四周跳来跳去，向彼得金发起了喜鹊式的攻击。

戴着双檐帽的小男孩停止了叫喊。他被太阳晒伤的脸上，两行晶莹的泪水顺着脸颊滚落了下来。

第九章

从未见过蔓越莓如何生长的人，可能在沼泽地走了很长一段路，也不会留意到他正在蔓越莓上行走。拿黑色覆盆子来说，它长大了，你就能看到它：细小的茎秆向上伸展，沿着茎秆生长的绿色小叶子就像微型机翼，指向四面八方，叶子里依偎着一簇簇带着蓝色茸毛的黑色覆盆子果实。红色的覆盆子也是如此，它是带着坚硬的深绿色叶子的血红色浆果，那深绿色的叶子即使埋在雪下也不会变黄。枝叶上经常结满浆果，整株都是深红色的。此外，沼泽里还有蓝莓灌木丛。你走过它们时，总会注意到它们硕大的蓝色浆果。在黑色的大松鸡栖息的密林里，你还可以找到一种石莓，一串串浆果像红宝石流苏一样挂在茎上，每颗红宝石外都镶着一层绿边。在我们国家，唯独这里的蔓越莓，它们隐藏在早春时节沼泽的小丘之间，因此从上面几乎看不到它们。只有当它们成片地结在一起的时候，你才不用弯下腰就能看到它们，并且想着："这准是被人漏采了的蔓越莓。"

你弯下腰去摘一颗来品尝，连带扯起的是一整条结满浆果的绿色藤蔓。只要你愿意，你可以从山丘里拉出一整条硕大的血红色浆果项链。

不知是因为蔓越莓在春天很值钱，还是因为它们有益健康、能够治病、调茶也很好喝，不论如何，女人们都会贪心地采摘它们。我们村的一位老奶奶采了一大篮子蔓越莓，满得她提都提不动。她舍不得倒掉一些浆果，也不肯离开她的篮子。所以她差点就死在满满的篮子旁边。后来蔓越莓被卖掉了，还卖了个好价钱，而老奶奶的贪心带来的唯一好处，就是当浆果被卖出去的时候，我们都得到了一些好东西和老奶奶一起庆祝。

起初，安娜把藤蔓上的浆果一个一个地摘下，每摘一个，她都要俯下身来。但很快，她就不再弯下腰去一个一个采浆果了，她想要一下子采更多的浆果。

她发现一些地方，可以一下子摘一把浆果，而不是一两个。所以她弯下腰一把接一把地抓，越来越快，可她还想要采更多的蔓越莓。

从前在家里，安娜工作不到一个小时就必定想起她的弟弟，或者叫唤他一声。现在他一个人走了，天晓得他去了哪里，而她甚至都不记得自己还带着面包，也不记得她心爱的弟弟可能饿了，在黑暗而陌生的沼泽地里的某个地方跋涉。哎，她甚至把自己都忘了！除了蔓越莓，她什么也想不起来；她只想要采更多的浆果，更多。

她究竟为什么在与彼得金的争吵中显得如此固执呢？因为她想走大家都在走的那条寻常路。可现在，安娜只跟着蔓越莓生长的足迹走，已经不知不觉偏离那条寻常路了。

她只有一次从贪婪的恍惚中清醒过来，突然意识到自己已经离开了小径，于是便朝着她以为的小径方向转过身来，可那里根本没有路。她又冲到另一边，那里只有两棵光秃秃的树，也没有路。这时，她想起彼得金常说起的指南针，也想起了她的弟弟，她亲爱的弟弟，他一定正饿着肚子在沼泽地里跋涉；她想起来了，应该去叫他。但就在安娜几乎要想起这一切的时候，她看到了一个蔓越莓采摘者一生中很少见到的景象。

当两个孩子在为走哪条路而争吵时，他们都不知道一件事：那两条一大一小的路都绕过"黑叶浪"，在"干河"上合二为一，不再分开，最后都通往主干道。安娜沿着"黑叶浪"周围干涸的河床走了一条很长的半圆形的路。而彼得金走的是一条紧贴"黑叶浪"的直路。如果不是他粗心大意，如果他没有远离人们走过的羊草路，他早就到达安娜所在的地方了。而这个隐藏在灌木丛和杜松树之间的地方，正是彼得金一直沿着指南针所指的方向努力寻找的"小草原"。

饿着肚子、没有篮子的彼得金来到这片血红色的"小草原"上，他该怎么办呢？安娜倒是带着一个大篮子和一大堆食物来到"小草原"，可是现在这些食物已经被遗忘了，满满当当的酸浆果把它们都盖住了。这时，又到了这个长得像一只长腿金鸡一样的小女孩想起她弟弟的时候了，她本应该怀着找到"小草原"的喜悦之情，喊道："彼得金朋友！"她还应该喊："我们找到了！"

啊，乌鸦，乌鸦，你这如同先知一般的鸟！你可能活了三百年，在过去的一千年里，关于沼泽里发生的每一件事情的记忆，都由一只乌鸦传给了另一只乌鸦。哦，乌鸦，你看到了多少，又知道了多少，这一次你为什么不飞出乌鸦的圈子，给安娜带来一些消息，告诉她，她的弟弟因为固执而愚蠢的胆量将要死在沼泽地里？

你可能会对它们说，哦，乌鸦……

"得隆——咚！"乌鸦先生尖叫着，直接飞过彼得金的头顶。

"我听到了！"乌鸦太太在巢里用同样的口气回答道，"得隆——咚！"

"得隆——咚！"乌鸦先生第二次尖叫着飞过安娜的头顶，此刻安娜正在潮湿的沼泽中爬行，距离她不幸的弟弟仅一步之遥。但是两个孩子都听不懂乌鸦的叫声。

在"小草原"的正中央，没有蔓越莓。这里有一

个长满白杨树的弯曲小丘，树林里站着一只长角的巨型麋鹿。它从一侧看起来像一头公牛，从另一侧看起来像是一匹马。它有着优雅的身体、洁净的四肢、柔软的口唇、美丽的眼睛和硕大的长角。但是当你看着那个地方，你会想：也许那里什么都没有，没有公牛，也没有骏马。

然后，在那灰色的白杨灌木丛中，某种巨大的灰色的东西开始成形。肉眼可以很容易地看到这怪兽厚厚的嘴唇紧贴着一棵树，随后在娇嫩的白杨树上啃出一条细小的白线。这就是怪兽进食的方式。事实上，几乎在每一棵杨树身上都能看到这种致命的伤疤。不，这个怪兽不是沼泽里的异象。很难相信一个仅靠吃白杨树皮和沼泽三叶草的躯体竟能长得这么庞大。

这只吃着白杨树皮的麋鹿，平静地俯视着趴在地上采蔓越莓的小女孩，就像它看任何爬行动物一样。

小女孩除了蔓越莓什么也看不见，她不停地爬着，不断地向着一根又大又黑的树桩靠近。她几乎无法移动她那只沉重的篮子。这只长着细长腿的"金色小母鸡"现在全身又湿又脏。

麋鹿并不认为她是个人。她具有它所熟悉的动物的一切习性，但它却对此漠不关心，就像我们对着一块无生命的石头。

巨大的黑色树桩吸收了太阳的光和热，变得非常温暖。夜幕降临，空气和沼泽周围的一切都变得寒冷起来，但是那巨大的黑色树桩却依然保持着热量。六只小蜥蜴从沼泽地里爬了出来，紧贴着树桩取暖；四只柠檬黄的蝴蝶收起翅膀，触角紧贴着树桩停在上面；大黑苍蝇也飞来过夜。一条长长的蔓越莓藤蔓，紧贴着草茎和高低不平的地面，一爬到温暖的黑色树桩上，就缠绕着它，绕着顶端转了几圈，然后从对面爬了下来。每年这个时候，温暖的地方都有毒蛇把守着。一条两码③多长的巨型毒蛇爬上树桩，在蔓越莓藤上绕成一圈。

小女孩头也不抬地爬过了沼泽地。就这样，她爬到了那根晒焦的树桩前，猛拉了一下毒蛇盘踞的蔓越莓藤蔓。那条毒蛇抬起头，发出嘶嘶声。这时，小女孩也抬起了头。

这下安娜终于醒了，她跳了起来。麋鹿这才意识到她是一个人，于是从白杨灌木丛中跳了出来，向前伸出它高跷般的长腿，轻快地越过泥泞的沼泽，就像野兔在干燥的小径上疾驰一样。

---

③码，长度单位，等于 3 英尺或 0.9144 米。——译者注

被麋鹿吓了一跳，安娜目瞪口呆地盯着那条蛇。毒蛇一如既往地躺着，盘成一圈，在阳光下取暖。在安娜看来，躺在树桩上的似乎是她自己。她身上的鸡皮疙瘩落了一地，困惑地站在那里，不知自己身在何处。

一条背上有黑斑的大红狗站在离小女孩很近的地方，正看着她。那条狗就是特雷斯，安娜还记得它。安提普不止一次地把它带到村子里来。但是安娜不太记得那条狗的名字了，她叫道："泰丝，给你！贝丝，我给你一些面包！"

篮子里装满了蔓越莓，面包在浆果下面。从清晨到傍晚，时间悄悄地流逝，安娜采了多少蔓越莓才装满这个巨大的篮子？这段时间里，她弟弟在哪里呢？他一定饿坏了。她怎么可能忘了他，忘了她自己，忘了她周围的一切呢？

她又瞥了一眼那条盘踞在树桩上的毒蛇，突然发出一声刺耳的尖叫："彼得金弟弟！"随后她呜咽着哭倒在装满蔓越莓浆果的篮子旁。

　　正是这个刺耳的呼唤声传到了"黑叶浪"。彼得金听到了，也回答了，但是一阵风把他的回答吹去了另一个方向，那里只住着喜鹊。

第十章

　　可怜的安娜呼唤弟弟时刮来的那一阵狂风，并不
是夜晚寂静之前的最后一阵风。这时，太阳穿过厚厚
的云层，将宝贵的金色余晖撒向大地。

　　彼得金回答安娜时刮起的那一阵风，也不是最后
一阵风。

　　最后一阵狂风在巨大的红日西沉、洒落金色余晖

之时刮起。那时，第一只白眉小䴗鸫在寒冷中唱起了甜美的歌。在"平岩"附近，"丹凤眼"在寂静的林间怯生生地唱起了求偶歌。鹪尖叫了三声，没有像黎明时分一样说"早上好"，而是"睡吧，别忘了我们很快就会叫醒你们——会叫醒你们——会叫醒你们"。

这一天并不是在一阵疾风中，而是在最后一声轻微的呼吸里结束，接着便万籁俱寂。一切都安静了下来，只听到"干河"上杂草丛中的树林母鸡那如同口哨般的叫声。

特雷斯感觉有人遇到了麻烦，它走到哭泣的安娜跟前，舔了舔她那咸咸的沾满泪痕的脸颊。安娜抬头看了狗一眼，什么也没对它说，又低下头，把头垂在蔓越莓上。特雷斯嗅到蔓越莓底下面包的气味，它饿极了，但没有用爪子去扒开蔓越莓。相反，在感觉到人类的痛苦之后，它扬起头叫了起来。

我清楚地记得，很久以前的一个傍晚，我们驾着

一辆挂着铃铛的雪橇车（这是古代的风俗），沿着一条林中小径行驶。突然，车夫停下雪橇车，铃声也静了下来，他仔细听了一下。然后，他转身对我们说："有麻烦了！"

我们也听到了一些声音。"这是什么？"

"有情况。树林里有狗在叫。"

我们当时都没搞清楚是什么状况。

当特雷斯在万籁俱寂中吠叫时，"灰财主"立刻知道狗就在"小草原"，便慌慌张张朝那个方向跑去。但是，当特雷斯听到从"平岩"方向传来的尖细的声音，便很快停止了吠叫，"灰财主"也停了下来，等待吠声再次响起。

"啼亚夫——啼亚夫！"这是特雷斯听到的声音，它马上就听出是一只狐狸在追赶野兔，也知道狐狸发现了"平岩"边那只野兔的踪迹。更重要的是，它还知道如果不耍些诡计，狐狸是永远追不上兔子的，狐狸发出"啼亚夫——啼亚夫"的声音就是为了让野兔跑到筋疲力尽，然后躺下休息，这样狐狸就会抓住它了。

以前当特雷斯为安提普猎捕野兔的时候，它也有过同样的经历。而它现在开始以狼的方式捕猎：狂吠的狗正在追赶野兔，狼默默地站在外围兜圈子，伺机抓住猎物。当狐狸在追赶野兔时，特雷斯也是如此，等待着野兔栽倒在它身上。

识别出狐狸的路线后，特雷斯像猎人一样推测出野兔可能跑的路径：野兔从"平岩"出发，进入"黑叶浪"，然后到达"干河"。从那里，它会绕个大圈子到"小草原"，最后不可避免地又会返回到"平岩"边。想明白这个以后，特雷斯跑向"平岩"，埋伏在茂密的杜松灌木丛里。

特雷斯没有等太久。它敏锐的耳朵早在人耳听见之前，就听到了野兔跑过沼泽地小径上的水坑时发出的啪啪声，这些水坑是安娜一大早留下的脚印形成的。野兔随时都会出现在"平岩"附近。

在杜松灌木丛后面，特雷斯蹲下身子，绷着后腿准备随时起跳。当它看到兔子的耳朵时，就猛扑上去。

就在那一刻，这只正慢步前行的年迈的兔爷爷突然停了下来。它用后腿站起来，倾听并判断追赶它的狐狸大概离它有多远。

就这样，在特雷斯跳起来时，恰好野兔停了下来。于是特雷斯便扑了个空。

当这条狗站直身子时，野兔正沿着彼得金走的那条小路，蹦蹦跳跳地朝"黑叶浪"跑去。

　　这一次，狼的猎捕方式没能得逞，想在天黑前再等野兔回来是不可能的了。于是特雷斯又用起了狗的猎捕方式，尖叫一声，扑向兔子的踪迹。它追赶着兔子，用叫声打破了夜晚的寂静。

　　狐狸一听到狗的叫声，就自然而然地放弃了猎兔的企图，重操起捕鼠旧业。而那只等候已久的"灰财主"也听到了猎犬贪婪的吠叫声，便一头冲向了"黑叶浪"。

第十一章

"黑叶浪"的喜鹊们听到野兔来了, 就分成了两群。

一群留在小男孩周围, 叫喊着:"德里——蒂——蒂!"

另一群冲着兔子尖叫道:"德拉——塔——塔!"

"德里——蒂——蒂!"喜鹊尖叫着, 越跳越靠近那个小男孩。但它们并没有直接跳到他身边, 因为这个小男孩的胳膊是可以自由活动的。突然, 两群喜鹊混到了一起, 一群叫着"德里——蒂——蒂", 另一群叫着"德拉——塔——塔"。

这意味着野兔已经接近"黑叶浪"了。

这只兔子以前曾多次逃脱特雷斯的追捕，它清楚地知道猎犬比野兔跑得快，因此必须要动动脑筋才能躲过一劫。这就是为什么兔子在离"黑叶浪"不远的地方，在碰到那个小男孩前突然停了下来。它惊起了所有的喜鹊，它们立刻四散开来，飞到松树最顶端的枝叶上，对着兔子尖叫道："德里——塔——塔！"

但是不知道什么原因，兔子对这种尖叫声置之不理，只顾及自己的事，对喜鹊不屑一顾。这就是为什么人们有时会认为喜鹊的叽叽喳喳是毫无意义的，它们和人一样，可能只是出于孤独而用喋喋不休的闲聊消磨时光罢了。

停了很短的时间，野兔就猛地开始了第一次跳跃，它先向一边跳了一下。正像猎人说的那样，它在兜圈子；它又一次停下来，再次跳到另一边，跳着兜一圈，大约跳了十来下。然后它第三次绕圈，面朝自己跳过的小径躺下，这样，如果特雷斯弄清楚兔子第三次兜圈的路径，兔子就能看到猎犬走过来了。

当然，野兔非常聪明，但这种兜圈跳是一件危险的事情。一只机灵的猎犬很清楚兔子总是会留下很多足迹，然后由此来判断兔子所在的方向：不是通过追踪它的脚印在地面留下的气味，而是通过嗅到空气中兔子的气味来判断它的方向。

当一只兔子再也听不到猎犬的叫声，它的小心脏一定会跳个不停。它知道猎狗已经失去了所追赶动物的气味，正默默地在那个令其迷惑的地方乱嗅，转着可怕的圈子……

这一次野兔很走运。他意识到那条狗开始绕着"黑叶浪"兜圈子，一定在路上遇到了什么东西。突然，一个清晰的人声响起，接着是一片可怕的喧嚣。

人们可以猜到，当野兔听到这种不同寻常的声音时，会和我们人一样，自言自语道："还是远离这是非之地为妙。"然后，它悄悄地循着来时的痕迹一蹦一跳地返回了"平岩"。

与此同时，特雷斯嗅着野兔的气息，绕着"黑叶浪"跑来跑去，突然在离自己十步开外的地方与一个小男孩四目相对，脚步僵住了。

人们可以很容易猜到特雷斯在"黑叶浪"看到那个小男孩时在想什么。只有人类才能看到他们彼此之间的众多差异。对特雷斯而言，所有的人都像两个人而已：一个是有很多不同面孔的安提普，另一个是安提普的敌人。这就是为什么一只聪明的好狗从来不会马上走到陌生人面前，而是先弄清楚他是主人还是主人的敌人。

所以，特雷斯站在那里，打量着那张被落日余辉照亮的小男孩的脸。

起初，那个小男孩的眼睛黯淡无光、死气沉沉，但突然间，他的眼睛里闪过一道光芒，而这一瞬间立刻就被特雷斯捕捉到了。

"这很可能是安提普。"它想着，然后轻轻摇了摇尾巴，轻得几乎察觉不到。

当然，我们无法真正知道特雷斯在想什么，但可以猜测。你是否还记得曾经发生过类似的事情？在寂静森林中，你有没有在一条小溪的深潭前俯下身子凝视，看到整个大自然都如此清晰地映照在里面，包括另一个人的倒影，就像特雷斯眼中高大英俊的安提普似的，正从你身后俯下身，凝视着这个如镜的深潭？这个镜中人看起来是如此美妙，整个大自然环抱着他——天空、森林、一轮冉冉升起的新月和密密麻麻的繁星。

这正是每个人的脸在特雷斯眼里的模样，他们都

像镜子一样能让它看到整个安提普，它渴望扑到每个人的脖子上，但经验警告它，这可能是长着和安提普相似脸庞的敌人。

所以它等待着。

与此同时，它的爪子开始往下陷，如果它再站得久一点，连脚都会陷下去，这样就无法自拔了。它不能再犹豫了。

突然间……

这不是雷鸣，也不是电闪，不是应和着凯旋歌声的第一缕曙光，也不是丹顶鹤们对美好的新一天的预告。对特雷斯来说，没有什么比沼泽里此刻发生的事

更令人惊叹的了，即使是大自然的壮丽奇观也不例外。它听到了一个人的话语——多么美妙的人的话语啊！

安提普，他就像是一个真正的、伟大的猎人，很自然地给他的狗起了一个带有追逐意味的名字。最初特雷斯的名字是从"女猎手"④这个单词而来。但后来，在多次呼叫和狩猎之后，猎人的舌头将其变成了一个非常好叫的名字——特雷斯。安提普最后一次来到我们村里时，还管那条狗叫"女猎手"。

小男孩眼睛里闪过一道光芒，他想起了这条猎狗的名字。于是小男孩的血液流动开始加速，他那死气沉沉的发青的嘴唇开始泛红、蠕动。特雷斯立刻发现了这个嘴唇的动作，又一次轻轻地摇了摇尾巴。就在那时，特雷斯生命中的奇迹出现了。就像老安提普以前叫它那样，这个年轻的小安提普叫了一声："女猎手！"

特雷斯认出了这个安提普，就在地上躺了下来。

---

④ "女猎手"对应的单词是"Huntress"，"Tress"为人名，译作"特雷斯"。——译者注

"快来，快来，""安提普"说，"好狗狗。到我这儿来。"

特雷斯听了那人的话，小心翼翼地向他爬去。

刚才，小男孩不只是像特雷斯所想的那样，是出于最单纯的动机来呼唤它、哄它，蕴含着欢乐和友爱，而是巧妙地隐含着一个解救他的计划。如果他能让它明白这个计划，它会多么心甘情愿地跳起来去救他啊！但是他没法向它解释，也没法让它明白他的意图，所以不得不用一句充满爱意的话来哄它。他甚至必须让它害怕，因为如果它不害怕，如果它不尊重强大的安提普的威严，就会像平常那样全速冲向他，那么沼泽地不仅会吞噬人，还会吞噬他的朋友——狗。此时，小男孩不可能是特雷斯想象中的那个伟人，他不得不耍点小聪明。

"好女猎手，冰雪女猎手。"他用甜蜜的声音安抚着它，心里想的却是"继续爬，继续爬"！

狗怀着一颗纯洁的心，虽然怀疑"安提普"的甜

言蜜语中隐藏着一些不纯的用意，但它还是向他爬了过去，只是会时不时地停一下。

"来吧，亲爱的，再过来一点！"但他心里想的是："继续往前爬，继续往前爬！"

于是，它一点一点地爬到了他跟前。即使是现在，他也可以把身子依靠在平放的枪上，稍微弯下腰，伸出手拍拍它的头。但是这个狡猾的小男孩知道，只要

　　他的手稍微碰一下它，狗就会欢快地吠叫一声向他扑来，使他沉没。

　　于是，小男孩强压住了他那颗慷慨的心。他僵在那里，精确地计算着每一个动作，就像一个拳击手在权衡他的每一击，知道战斗的结果将决定他的生死存亡。

　　只要再靠近一步，特雷斯就会扑到他的脖子上，但小男孩知道他必须做什么。他迅速伸出右手，抓住那条强壮大狗的左后腿。

它怎么就这样被敌人愚弄了呢!

特雷斯疯狂地用力，想从小男孩身上跳开。要不是小男孩已被拽了出来，并用另一只手抓住了它的另一条腿，它一定会从他的手中挣脱出来。此后，小男孩伏在他的枪上，放开了狗。他像狗一样四肢着地，用枪作支撑，慢慢地朝那条人造小径爬去，那是一条人的足迹踩出的小径，小径两边长满了高高的白羊草。

一爬到小径上，他就站了起来，擦去脸上最后一行泪水，抖掉破衣服上的泥巴，像个真正的大人一样，发号施令道："过来！到我这儿来，我的女猎手。"

当特雷斯听到他的语气和这些话时，它不再动摇了：昔日美好的安提普就站在它面前。它高兴地呜咽了一声，认出了主人，猛地扑到了他的脖子上，那个人便亲吻起了他朋友的眼睛、耳朵和鼻子。

现在，我们必须说明一下，这就是那个老护林人安提普很久以前向我们提出的谜语的答案了，当时他承诺，如果我们不能在他还活着时去看他，他就会把真理悄悄地告诉他的狗。我们认为安提普告诉我们这件事时不是在开玩笑。特雷斯称他为安提普，或者我们称他为全能人，一直在对他的朋友——狗——悄悄地说出人类伟大的真理。

第十二章

现在，关于这一天在"流浪沼泽"发生的事情，我们已经没有多少可以说的了。尽管这一天很漫长，但当彼得金在特雷斯的帮助下从"黑叶浪"逃出时，这一天还没有完全结束。在遇见"安提普"而欣喜若狂后，干练的特雷斯立刻想起了被中断的猎兔行动。这是很自然的事，特雷斯是条母猎狗，它的工作就是为它的主人追捕野兔。对它而言，为自己捕猎总是很困难的，但为主人捕猎一只野兔——才是它真正的幸福所在。在确定彼得金是一个"安提普"之后，它继续追踪野兔的行动，循着清新的气味疾驰而去，吠叫着追捕野兔。饿坏的彼得金立刻意识到，他唯一的解救办法就是抓住野兔——因为只要他能射中野兔，就可以开枪取火，而且，他可以把野兔放在火热的灰堆里烤熟，就像他父亲在世时常做的那样。他检查了一下他的枪，换下了潮湿的子弹，在猎捕圈里找了个支枪的地方，潜伏在一片杜松灌木丛后面。

通过枪眼，彼得金可以清楚地看到特雷斯什么时候把野兔从"平岩"赶到安娜走的大路上，又把它赶出"小草原"，然后再把它朝小猎人藏身的杜松灌木丛赶去。但就在这时，"灰财主"听到了猎狗重新开始追逐野兔的声音，它也选择躲藏在小猎人所在的那片杜松灌木丛中，两个猎人——一个是人，另一个是人类最大的敌人——相遇了。看到距离他不到五步之遥的"灰财主"，彼得金忘了那只兔子，直接对准它开了一枪。

　　"灰财主"就这样毫无痛苦地死掉了。

　　当然，这一枪打乱了特雷斯追捕野兔的路线，但特雷斯依然继续它的捕猎工作。但这一切中最幸运的收获不是兔子或狼，而是安娜听到附近的枪声，大声叫喊了起来。彼得金听出了她的声音，回答了她，她立刻就跑到了他身边。不一会儿，特雷斯就把野兔带到了新主人那里，好伙伴们在篝火边取暖，准备着晚饭和一个过夜的地方。

安娜和彼得金的家与我们只隔了一户人家，第二天早上，他们养的那群饥饿的牲畜开始在院子里吼叫，我们最先跑去看孩子们是否发生了什么事。我们很快发现他们当晚没有在家里睡觉，并猜测他们很可能是在沼泽中迷路了。渐渐地，其他邻居也都聚集了过来，我们开始商量该怎样帮助这两个孩子，但愿他们还活着。就在我们准备分散开来以便搜索整片沼泽的时候，我们看到两个采摘甜蔓越莓的小猎人从树林里走了出来，以鹅群行走的方式，一前一后，中间抬着一个沉甸甸的篮子，旁边是安提普的猎犬特雷斯。

他们把在"流浪沼泽"里发生的一切都非常详细地告诉了我们。大家都相信他们所说的一切。闻所未闻的、数量巨大的蔓越莓就摆在我们眼前。但有些人几乎不敢相信，一个近十一岁的小男孩能打死一只顽强的老狼。然而，一些相信这是事实的人带着绳子和大雪橇来到了他们描述的地方，很快就带着"灰财主"的尸体回来了。村里所有的人都停下了工作，蜂拥而至来看"灰财主"的尸体，还有其他村庄的人也闻讯而来。很难说他们更想看谁，是狼还是戴着双檐帽的小猎人。

"我们过去常常嘲笑他，讥讽他，说他是'装在麻袋里的小农民'！"他们说。

"原先有一个小农民，"另一些人回答说，"但他已经不在了。现在这位不是一个农民，而是一位英雄。"

在那之后，这个曾经几乎不被周围人注意的"装在麻袋里的小农民"真的开始改变了，在以后的两年里，他长大了，长成了一个英俊、高大、正直的小伙子。

"金色小母鸡"也同样让村民们大吃一惊。没有人指责她的贪心，恰恰相反，每个人都称赞她明智地建议她的弟弟走泥炭小径，并采摘了这么多蔓越莓。

当村里传来"儿童之家"患病孩子们的呼救时，安娜把她所有的药用浆果都送给了他们。在赢得了她的信任后，我们才了解到，这个小女孩因为自己的贪心，在内心承受了多少痛苦。

关于我们自己，现在只有几句话还没说：我们是谁，我们是如何碰巧来到"流浪沼泽"的。我们是寻找沼泽宝藏的探险家，我们发现这片沼泽蕴藏的泥炭足够一个大工厂运行一百年。这就是隐藏在我们沼泽中的宝藏，但现在仍然有许多人想当然地以为只有魔鬼才居住在这些巨大的太阳宝库里，这一切都是无稽之谈。沼泽里没有什么魔鬼。

图书在版编目（CIP）数据

太阳的宝库 /（俄罗斯）普里什文著；袁蓉译 . --
上海：上海人民美术出版社，2021.2（2023.8 重印）
（大作家写给孩子们）
ISBN 978-7-5586-1838-3

Ⅰ . ①太… Ⅱ . ①普… ②袁… Ⅲ . ①儿童故事—作
品集—俄罗斯—现代 Ⅳ . ① I512.85

中国版本图书馆 CIP 数据核字 (2020) 第 225788 号

太阳的宝库

著　　者：[俄罗斯] 普里什文
译　　者：袁　蓉
项目统筹：尚　　飞
责任编辑：康　华　徐　慧
特约编辑：宋燕群
装帧设计：墨白空间·李　易
出版发行：上海人民美术出版社
　　　　　（上海市号景路159弄A座7楼）
　　　　　邮编：201101 电话：021-53201888
印　　刷：河北中科印刷科技发展有限公司
开　　本：889mm×1240mm 1/32
字　　数：27千字
印　　张：3.5
版　　次：2021年4月第1版
印　　次：2023年8月第7次
书　　号：978-7-5586-1838-3
定　　价：45.00元

读者服务：reader@hinabook.com 188-1142-1266
投稿服务：onebook@hinabook.com 133-6631-2326
直销服务：buy@hinabook.com 133-6657-3072
网上订购：https://hinabook.tmall.com/（天猫官方直营店）